Ricky Ricotta
et son robot géant contre
les vautours vaudou de Vénus

Ricky Ricotta et son robot géant contre les vautours vaudou de Vénus

Le troisième roman d'aventures robotiques de

DAV PILKEY

Illustrations de

MARTIN ONTIVEROS

Texte français de Grande-Allée Translation Bureau

Les éditions Scholastic

Ce livre est dédié à Justin Libertowski — D. P.

Ce livre est dédié à Bwana, à Chloe, à Trixy, à Guy ET tout spécialement à Micki et à notre futur bébé. Nous avons tellement hâte de te connaître! — M. O.

ISBN 0-439-98694-X

Titre original : Ricky Ricotta's Giant Robot vs. the Voodoo Vultures from Venus

Édition publiée par Les éditions Scholastic, 175 Hillmount Road, Markham (Ontario) L6C 1Z7 CANADA.

5 4 3 2 1 Imprimé au Canada 01 02 03 04

Table des matières

1. En retard pour le souper 7
2. Responsabilité 13
3. Victor Von Votur 18
4. Les rayons vaudou de l'espace 28
5. Déjeuner avec le robot 33
6. Obéissez aux vautours vaudou 39
7. La ville au pouvoir des vautours 45
8. La recette de Ricky 51
9. Le dîner est servi 55
10. L'idée brillante de Ricky 61
11. Robot-secours 67
12. La bataille commence 70
13. La grande bataille (en Tourne-o-rama^MC) 83
14. Justice est faite 106
15. À l'heure pour le souper 113

Comment Dessiner Ricky 118

Comment Dessiner le Robot de Ricky 120

Comment Dessiner Victor von Votur 122

Comment Dessiner un Vautour Vaudou 124

CHAPITRE 1

En retard pour le souper

C'est l'heure du souper chez les Ricotta. Le papa de Ricky est assis à table. La maman de Ricky est assise à table. Mais Ricky, lui, n'est pas assis à table.

Ni son robot géant d'ailleurs.

« Il est six heures, dit le père de Ricky. Ricky et son robot géant sont encore en retard pour le souper. »

À ces mots, Ricky et son robot géant atterrissent devant la maison.

« Excusez-nous d'être en retard, dit Ricky. On ramassait des coquillages à Hawaï. »

« C'est la troisième fois que vous êtes en retard pour le souper cette semaine, répond la mère de Ricky. Plus de télé jusqu'à ce que vous appreniez le sens des responsabilités. »

« Plus de télé? proteste Ricky. Mais c'est Raton Fusée qui passe ce soir. Tout le monde sur Terre l'écoute! »

« Tout le monde sauf vous deux », tranche le père de Ricky.

CHAPITRE 2

Responsabilité

Ricky et son robot géant se couchent tôt ce soir-là. Ils campent dans la cour sous les étoiles.

« Eh que ça me manque de ne pas regarder la télé ce soir », se plaint Ricky.

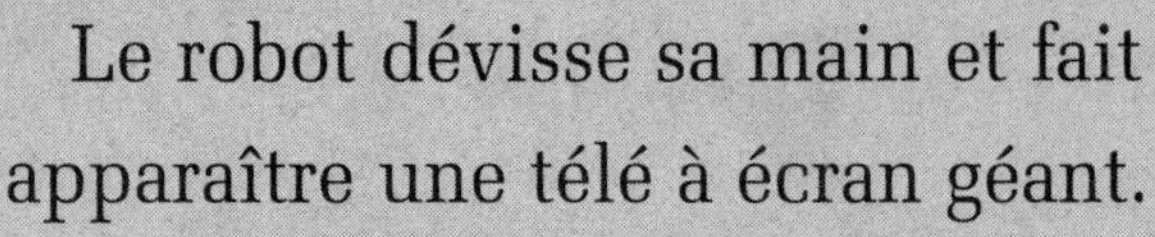

Le robot dévisse sa main et fait apparaître une télé à écran géant.

« Non, dit Ricky, il faut d'abord qu'on apprenne le sens des responsabilités. »

Le sens des responsabilités? Le robot géant ne comprend pas ce que ça veut dire.

« Le sens des responsabilités, répète Ricky, c'est de faire ce qu'il faut au bon moment. »

Ricky et son robot géant savent
toujours ce qu'il faut faire...

... mais ils ne savent pas toujours reconnaître le bon moment.

CHAPITRE 3

Victor Von Votur

À quarante millions de kilomètres de la Terre, sur la planète Vénus, vit un horrible vautour.

Il s'appelle Victor Von Votur et déteste habiter Vénus.

Il fait si chaud sur Vénus que la nourriture est immangeable. Le fromage des sandwichs au fromage fondant est toujours *beaucoup trop coulant*...

... il faut *boire* sa tablette de chocolat avec une paille...

... et la crème glacée fond avant qu'on puisse même y goûter.

C'est pourquoi Victor Von Votur a décidé d'envahir la Terre, une planète où la nourriture est bonne.

Il commence par lever une armée d'immenses vautours vaudou.

Puis il invente une télécommande vaudou et la dirige vers la Terre.

« Quand j'appuie sur ce bouton, explique Victor, l'appareil émet un rayon vaudou. Quand il atteindra la Terre, cette planète sera enfin à NOUS ! »

« Vive nous, vive les méchants ! »
crient les vautours vaudou
de Vénus.

CHAPITRE 4

Les rayons vaudou de l'espace

Ricky et son robot géant s'endorment sous les étoiles pendant que toute la ville regarde la télévision.

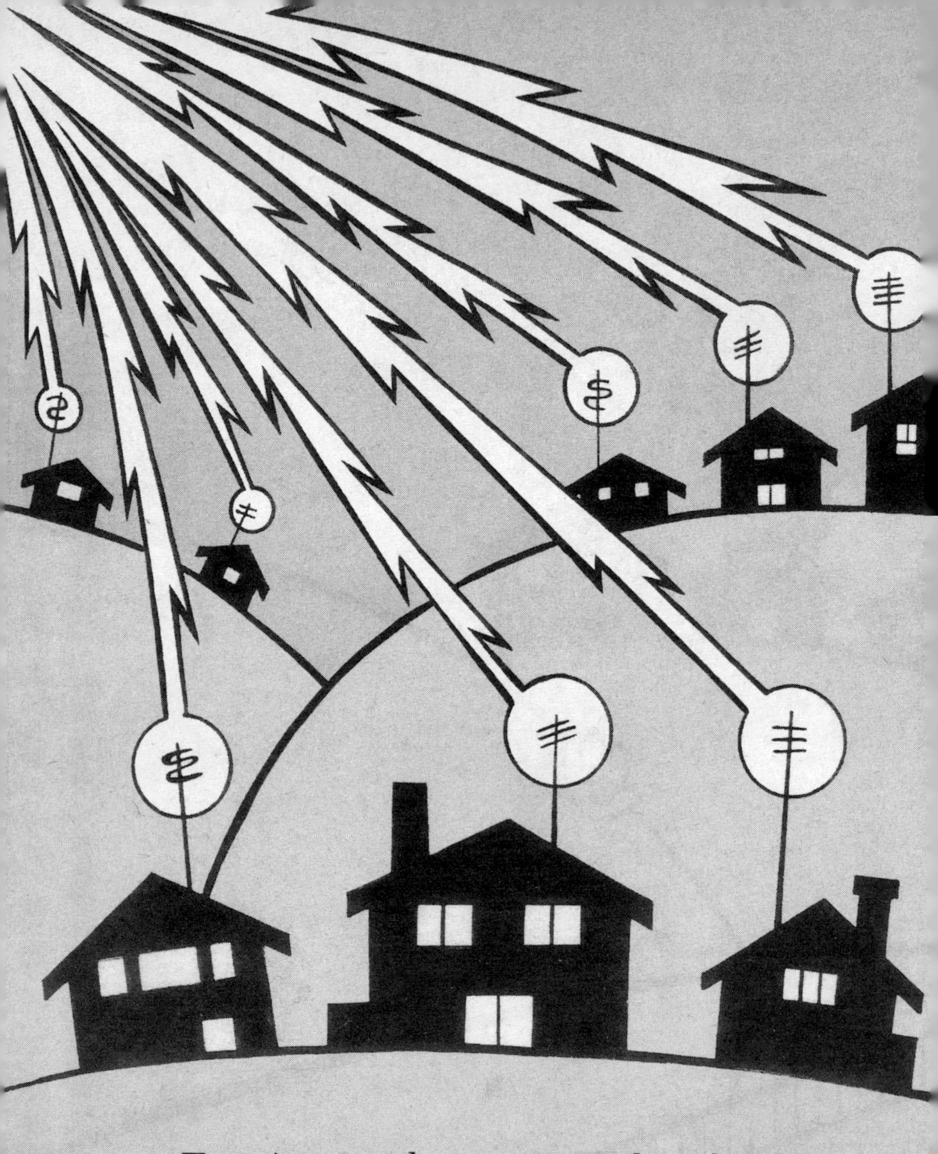

Tout à coup, le rayon vaudou de l'espace tombe sur la ville. Le signal est capté par toutes les télés.

Les écrans émettent une lueur étrange, et une voix lugubre se fait entendre.

« Obéissez aux vautours vaudou, dit la voix. Obéissez aux vautours vaudo! »

Au bout de quelques minutes, toutes les souris de la ville sont hypnotisées.

CHAPITRE 5

Déjeuner avec le robot

Le lendemain matin, Ricky se réveille et entre dans la maison pour préparer son déjeuner. Mais il ne reste pas une miette de nourriture.

« Hé! dit Ricky. Où est passée toute la nourriture? Je ne peux pas aller à l'école sans avoir déjeuné! »

Le robot de Ricky sait quoi faire. Il s'envole pour la Floride et revient tout de suite avec un oranger dans les mains.

« Merci, dit Ricky. J'adore le jus d'orange fraîchement pressé ! Est-ce que je peux avoir un beigne avec ça ? »

Le robot géant de Ricky reprend son vol. Il revient avec des beignes frais... et un petit extra...

« Hé ! dit Ricky en riant. J'ai dit un beigne, pas toute une beignerie ! Remets le magasin où tu l'as pris et rapporte-moi du lait ! »

Le robot s'éloigne encore une fois. Il revient avec du lait tout frais… et un petit extra…

« Huuum, dit Ricky. Je crois que je vais laisser tomber. »

CHAPITRE 6

Obéissez aux vautours vaudou

Après le déjeuner, le robot géant amène Ricky tout droit à l'école. Mais il y a quelque chose de bizarre...

Les souris de l'école ont toutes une expression étrange sur le visage.

Elles sortent la nourriture de la cafétéria et se dirigent vers le centre-ville.

Ricky s'adresse à son prof de lecture, Mlle Suisse.

« Mais qu'est-ce qui se passe, Mademoiselle ? » demande Ricky.

« Obéir aux vautours vaudou », répond Mlle Suisse.

Ricky aperçoit ensuite son prof de math, M. Mozzarella.

« Je croyais qu'on avait un examen aujourd'hui? » demande Ricky.

« Obéir aux vautours vaudou », répond M. Mozzarella.

Enfin, Ricky rencontre le directeur, M. Provolone.

« Mais où allez-vous tous comme ça ? » demande Ricky.

« Obéir aux vautours vaudou », répond M. Provolone.

Ricky n'arrive pas à obtenir de réponses à ses questions.

« Viens, robot, commande-t-il. On va découvrir ce qui se cache derrière tout ça! »

CHAPITRE 7

La ville au pouvoir des vautours

Ricky et son robot géant suivent la longue file de souris jusqu'au centre-ville, où une mauvaise surprise les attend.

Une petite armée de vautours géants s'est emparée de la ville et a transformé ses habitants en esclaves vaudou. Affamés, les vautours dévorent chaque miette de nourriture.

« Nous voulons plus de biscuits aux brisures de chocolat », crie l'un des vautours.

« Oui, maître! » disent les souris en courant à leurs fours.

« Mais n'apportez plus de galettes de riz! » hurle un autre vautour.

« Il faut arrêter ces horribles vautours, dit Ricky à voix basse. Mais comment faire? »

Ricky et son robot géant examinent les environs. Ils découvrent Victor et sa diabolique invention.

« Je parie que les vautours contrôlent tout le monde avec cette télécommande, explique Ricky. Il faut leur arracher leur invention. » Mais ça, c'est plus facile à dire qu'à faire.

La télécommande se trouve en plein centre-ville, à un endroit où tous les vautours peuvent la surveiller.

« Huuum, dit Ricky. Ce qu'il faut, c'est une diversion. »

CHAPITRE 8

La recette de Ricky

Ricky et son robot géant se précipitent vers l'école. Dans la cuisine de la cafétéria, Ricky mélange de la farine et du lait dans un grand bol. Ensuite, il ajoute du sucre, des œufs et des brisures de chocolat.

« Et voici l'ingrédient secret », annonce Ricky.

Le robot géant s'envole pour le Mexique et revient les mains chargées des piments les plus forts qu'il a pu trouver.

Ricky remue la pâte pendant que le robot ajoute des centaines de PIMENTS ROUGES EXTRA-FORTS.

Le robot géant cuit les biscuits en deux secondes en lançant des micro-ondes par les yeux, puis il les refroidit avec son haleine super-congelante.

CHAPITRE 9

Le dîner est servi

Ricky et son robot géant retournent au centre-ville. Ricky fait semblant d'avoir été hypnotisé et apporte ses biscuits aux vautours vaudou.

« C'est pas trop tôt ! » se plaint un des vautours.

« Donne-moi les biscuits », dit un autre vautour.

Gourmands, les vautours se disputent les biscuits et les avalent tout ronds.

Tout à coup, les vautours ont les yeux tout exorbités, leurs visages deviennent rouge brique et de la vapeur leur sort par les oreilles.

« AÏE ! AÏE ! *AÏE !* » hurlent-ils en sautillant de douleur.

Pendant que les vautours ont l'esprit ailleurs, le robot géant allonge la main vers la télécommande.

Il la prend dans son poing et l'écrase sans effort.

Tous les habitants de la ville retrouvent brusquement leurs esprits. Ils hurlent à la vue des vautours vaudou et prennent leurs jambes à leur cou. La place est maintenant déserte. Le robot a sauvé la ville... mais Victor Von Votur ne l'entend pas de cette oreille.

CHAPITRE 10

L'idée brillante de Ricky

Victor Von Votur ouvre grand sa serre et s'empare de Ricky. « N'approche pas, robot géant, menace Victor, sinon c'en est fait de ton petit copain. »

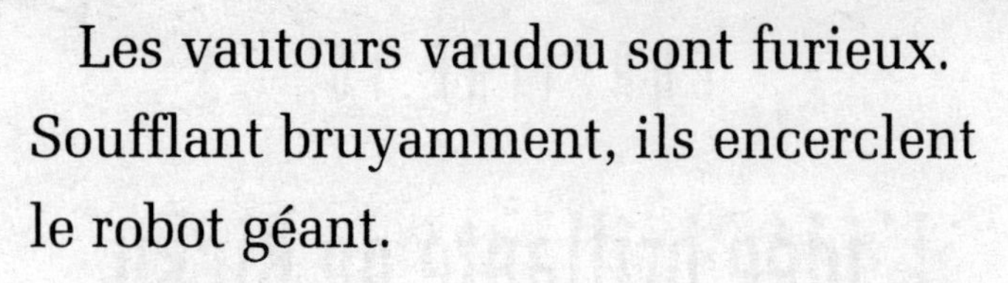

Les vautours vaudou sont furieux. Soufflant bruyamment, ils encerclent le robot géant.

« Tu ne l'emporteras pas au paradis! » dit Victor Von Votur en s'envolant et en prenant de l'altitude.

Au moment où tout semble perdu, Ricky a une idée.

Il arrache une des plumes du postérieur de Victor Von Votur.

« Aïe! » crie Victor.

Ricky se met à chatouiller la serre de Victor.

« Hé ! Arrête ça ! Ça chatouille ! » dit Victor Von Votur en riant.

Mais Ricky continue. Il chatouille Victor de plus en plus vite et Victor se met à rire de plus en plus fort.

Victor Von Votur finit par lâcher Ricky, qui tombe en chute libre.

CHAPITRE 11

Robot-secours

Ricky est un peu inquiet... Il est en chute libre et il descend de plus en plus vite.

« Au secours, mon robot ! » crie-t-il.

À la vitesse de l'éclair, le bras du robot géant s'élance dans les airs et attrape Ricky par le dos de sa chemise...

... et le dépose doucement sur un arbre. « Merci ! dit Ricky. À l'attaque maintenant! »

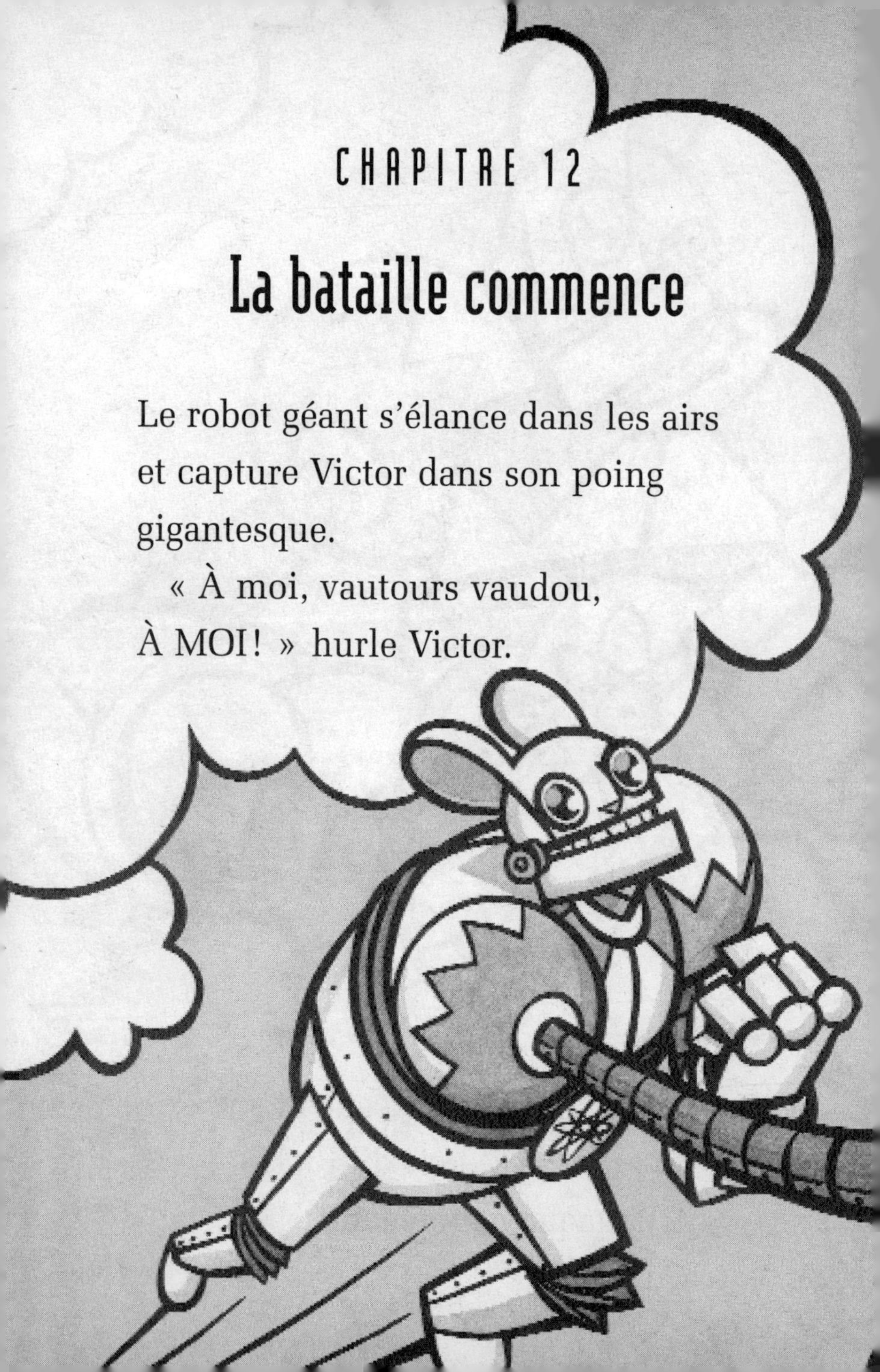

CHAPITRE 12

La bataille commence

Le robot géant s'élance dans les airs et capture Victor dans son poing gigantesque.

« À moi, vautours vaudou, À MOI ! » hurle Victor.

Les vautours vaudou se mettent en position d'attaque. Ils sont trop nombreux pour le robot géant.

« Je sens que je vais bien m’amuser », ricane Victor.

Les vautours vaudou commencent à attaquer.

Le robot géant se défend.

« Hé ! juste une minute, robot ! proteste Victor. Commence par me lâcher ! »

Mais le robot géant n'a pas le temps de lâcher Victor, qui se retrouve au centre de la bataille.

Chaque fois que le robot frappe un vautour, Victor en ressent le choc.

Chaque fois que le robot géant reçoit un coup, Victor en reçoit un aussi.

Chaque fois que le robot géant frappe les têtes de deux vautours ensemble, Victor en subit le contrecoup.

« Aïe, aïe, aïe! crie Victor Von Votur. C'est un peu moins amusant que j'aurais cru. »

CHAPITRE 13

La grande bataille

(EN TOURNE-O-RAMA MC)

TOURNE-

Hé, les enfants! Vous pouvez animer l'action en suivant les étapes faciles à votre droite:

-RAMA

Voici ce qu'il faut faire!

Étape nº 1
Place la main gauche sur la zone marquée « MAIN GAUCHE » à l'intérieur des pointillés. Garde le livre ouvert et bien à plat.

Étape nº 2
Saisis la page de droite entre le pouce et l'index de la main droite, à l'intérieur des pointillés, dans la zone marquée « POUCE DROIT ».

Étape nº 3
Tourne rapidement la page de droite dans les deux sens jusqu'à ce que les dessins aient l'air animés.

(Pour avoir encore plus de plaisir, tu peux faire tes propres effets sonores!)

TOURNE-O-RAMA 1

(pages 87 et 89)

N'oublie pas de tourner
seulement la page 87.
Assure-toi de voir les dessins aux
pages 87 et 89 en tournant la page.
Si tu la tournes assez vite, les dessins
auront l'air de ne faire qu'un.

N'oublie pas de faire
tes propres effets sonores !

MAIN GAUCHE

Les vautours vaudou attaquent.

POUCE DROIT

Les vautours
vaudou attaquent.

TOURNE-O-RAMA 2

(pages 91 et 93)

N'oublie pas de tourner
seulement la page 91.
Assure-toi de voir les dessins aux
pages 91 et 93 en tournant la page.
Si tu la tournes assez vite, les dessins
auront l'air de ne faire qu'un.

N'oublie pas de faire
tes propres effets sonores !

MAIN GAUCHE

Le robot de Ricky
contre-attaque.

Le robot de Ricky
contre-attaque.

TOURNE-O-RAMA 3

(pages 95 et 97)

N'oublie pas de tourner
seulement la page 95.
Assure-toi de voir les dessins aux
pages 95 et 97 en tournant la page.
Si tu la tournes assez vite, les dessins
auront l'air de ne faire qu'un.

N'oublie pas de faire
tes propres effets sonores!

MAIN GAUCHE

Les vautours vaudou livrent un rude combat.

POUCE
DROIT

Les vautours vaudou
livrent un rude combat.

TOURNE-O-RAMA 4

(pages 99 et 101)

N'oublie pas de tourner
seulement la page 99.
Assure-toi de voir les dessins aux
pages 99 et 101 en tournant la page.
Si tu la tournes assez vite, les dessins
auront l'air de ne faire qu'un.

N'oublie pas de faire
tes propres effets sonores !

MAIN GAUCHE

Le robot livre un combat
encore plus rude.

POUCE
DROIT

Le robot livre un combat
encore plus rude.

TOURNE-O-RAMA 5

(pages 103 et 105)

N'oublie pas de tourner
seulement la page 103.
Assure-toi de voir les dessins aux
pages 103 et 105 en tournant la page.
Si tu la tournes assez vite, les dessins
auront l'air de ne faire qu'un.

N'oublie pas de faire
tes propres effets sonores !

MAIN GAUCHE

Le robot de Ricky
crie victoire.

POUCE
DROIT

Le robot de Ricky
crie victoire.

CHAPITRE 14

Justice est faite

Les horribles vautours vaudou ne sont pas de taille contre le robot géant de Ricky.

« Sauve-qui-peut ! » crient-ils.

« Hé! Attendez-moi! » crie Victor Von Votur. Mais il est trop tard.

Les vautours vaudou s'envolent pour Vénus. On n'entendra plus jamais parler d'eux.

Le robot géant ramasse Ricky, puis ils s'emparent de Victor et le jette dans la prison de la ville.

« Ouiiiiiin », gémit Victor.

« Tiens! Ça va t'apprendre le sens des responsabilités! » déclare Ricky.

Ricky et son robot géant retournent chez eux par la voie des airs...

... et arrivent juste à temps
pour le souper.

CHAPITRE 15

À l'heure pour le souper

Le papa et la maman de Ricky ont préparé tout un festin pour Ricky et son robot géant.

« Super ! dit Ricky. Mon plat préféré ! Des soupers télé ! »

« Nous sommes très fiers de vous », leur dit la mère de Ricky.

« Je vous remercie d'avoir fait ce qu'il fallait faire au bon moment », ajoute le père de Ricky.

« De rien, dit Ricky...

... c’est à ça que servent
les amis. »

Raton
Fusée

COMMENT DESSINER RICKY

1.

2.

3.

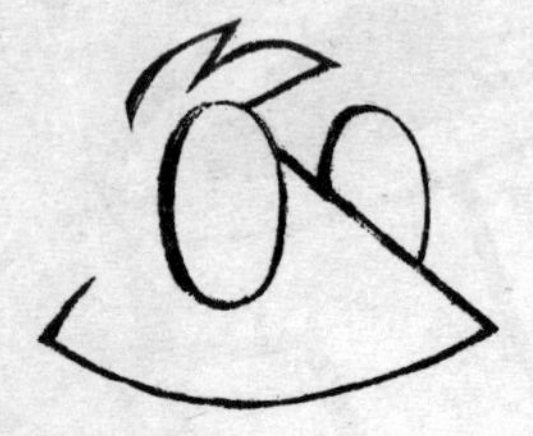

4.

5.

6.

1.

2.

3.

4.

5.

6.

COMMENT DESSINER LE ROBOT DE RICKY

1.

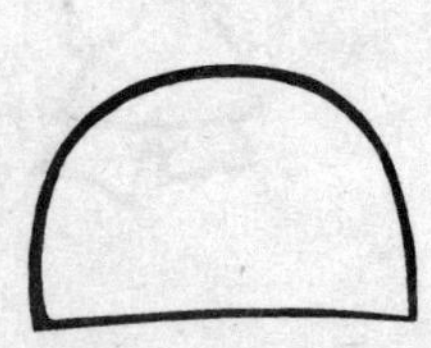

2.

3.

4.

5.

6.

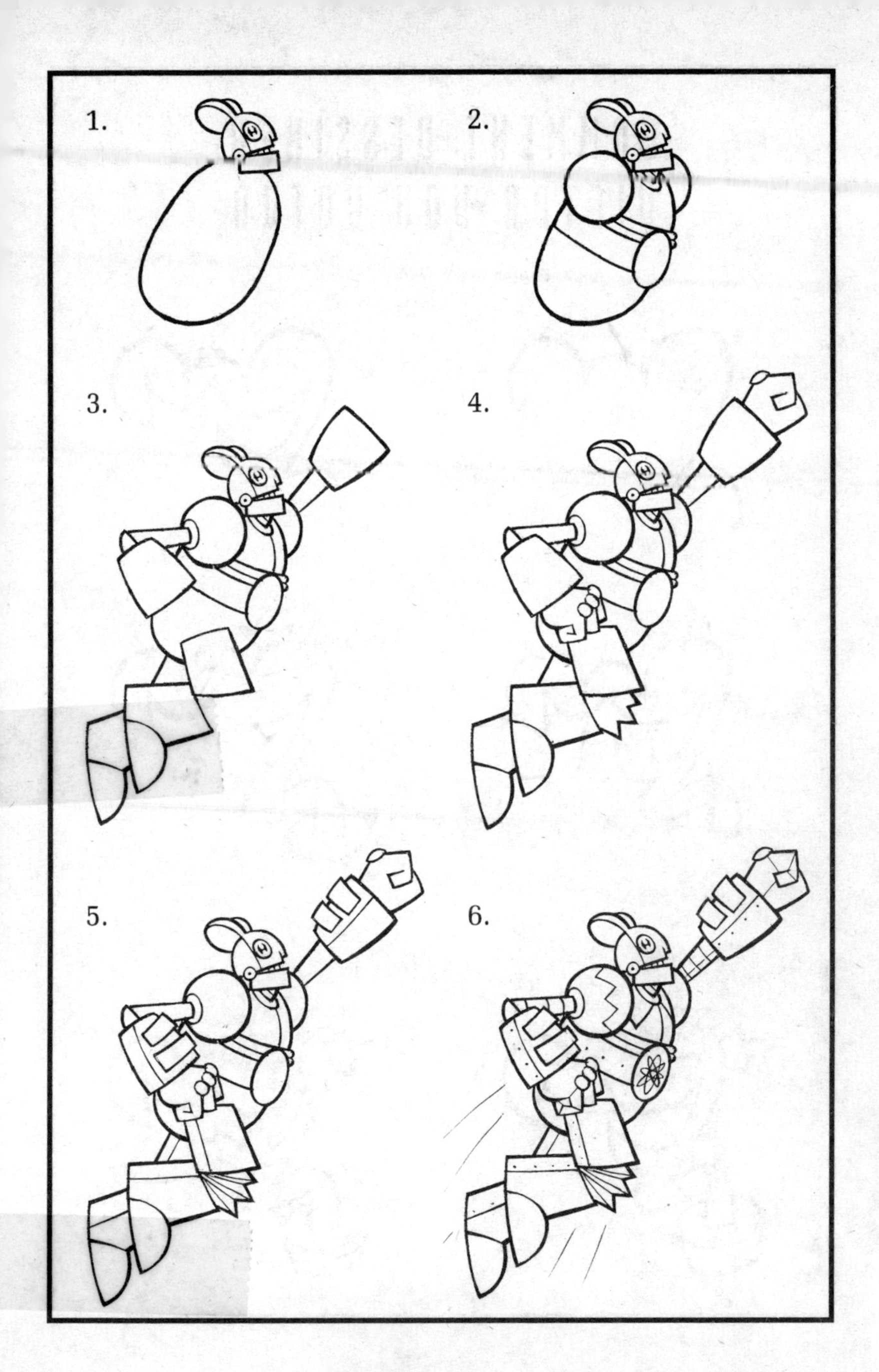
1.
2.
3.
4.
5.
6.

COMMENT DESSINER VICTOR VON VOTUR

1.

2.

3.

4.

5.

6.

1.
2.
3.
4.
5.
6.

COMMENT DESSINER UN VAUTOUR VAUDOU

1.

2.

3.

4.

5.

6.

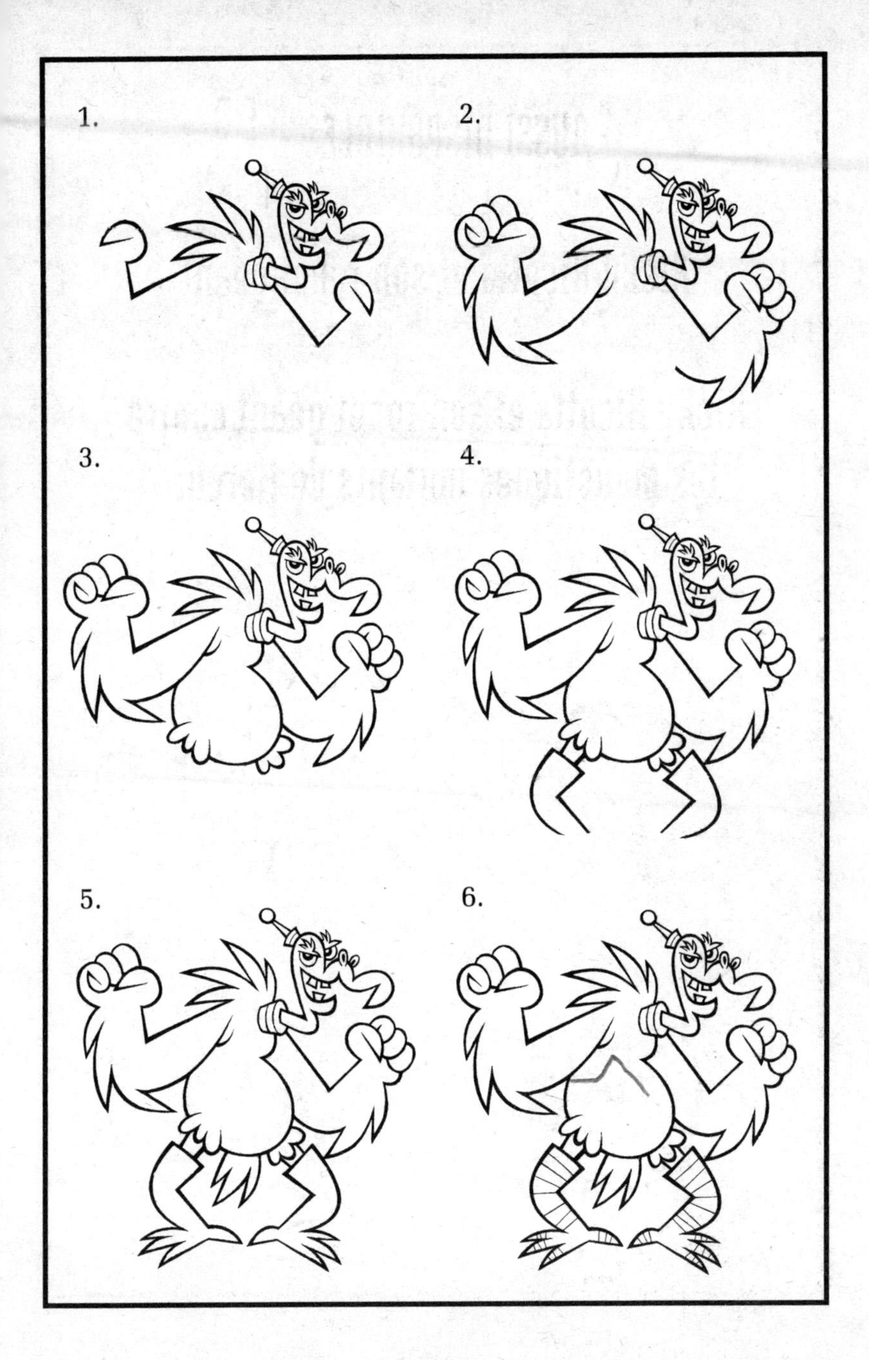
1.
2.
3.
4.
5.
6.

AUSSI DISPONIBLES :

Ricky Ricotta et son robot géant

Ricky Ricotta et son robot géant contre les moustiques mutants de Mercure

Quelques mots sur l'auteur et sur l'illustrateur

DAV PILKEY a écrit ses premières histoires à l'école primaire sous la forme d'albums de bandes dessinées. En 1997, il a été l'auteur et l'illustrateur de son premier roman d'aventures pour enfants : *Les Aventures du capitaine Bobette*, album acclamé par la critique et grand succès en librairie, tout comme les trois romans qui ont suivi. M. Pilkey est aussi le créateur de nombreux livres d'images qui lui ont valu des prix prestigieux. Il vit avec son chien à Seattle, dans l'État de Washington, aux États-Unis.

C'est tout à fait par hasard que Dav Pilkey a découvert l'œuvre de **MARTIN ONTIVEROS**. Il avait enfin trouvé l'illustrateur parfait pour sa série sur le robot géant de Ricky Ricotta. M. Ontiveros habite Portland, en Oregon, aux États-Unis. Il est entouré de beaucoup de jouets, et de deux chats : Bunny et Spanky.